MW00964740

Gabi la Ballerine

Joan Betty Stuchner

Illustrations de
Bruno St-Aubin

Texte français de
Claudine Azoulay

Éditions Scholastic

Les illustrations ont été réalisées à l'aquarelle, sur papier à aquarelle.
Pour le texte, on a utilisé la police de caractères Bookman Old Style.

Catalogage avant publication de Bibliothèque et Archives Canada
Stuchner, Joan Betty
[Sadie the ballerina. Français]
Gabi la ballerine/ Joan Stuchner; illustrations de Bruno
St-Aubin; traduction de Claudine Azoulay.

Traduction de : Sadie the ballerina.
ISBN 0-439-96110-6

I. Azoulay, Claudine II. St-Aubin, Bruno III. Title.
PS8587.T825S1814 2006   jC813'.54   C2006-901982-7

Copyright © Joan Betty Stuchner, 2006, pour le texte.
Copyright © Bruno St-Aubin, 2006, pour les illustrations.
Copyright © Éditions Scholastic, 2006, pour le texte français.
Tous droits réservés.

Il est interdit de reproduire, d'enregistrer ou de diffuser, en tout ou en partie,
le présent ouvrage par quelque procédé que ce soit, électronique, mécanique,
photographique, sonore, magnétique ou autre, sans avoir obtenu au
préalable l'autorisation écrite de l'éditeur. Pour la photocopie
ou autre moyen de reprographie, on doit obtenir un permis auprès
d'Access Copyright, Canadian Copyright Licensing Agency, 1, rue Yonge,
bureau 1900, Toronto (Ontario) M5E 1E5 (téléphone : 1 800 893-5777).

Édition publiée par les Éditions Scholastic,
604, rue King Ouest, Toronto (Ontario) M5V 1E1 CANADA.

6 5 4 3 2 1   Imprimé à Singapour   06 07 08 09 10

Merci à Rick Welch

Ce livre a été écrit pour Tom et Dov,
et pour tous mes jeunes amis qui rêvent
de monter sur les planches, en particulier
Naomi Vogt et Yamit Shem-Tov.
Je vous souhaite beaucoup de succès!
— J.B.S.

À Claude et Zoé, mes deux
ballerines préférées
— B.S.-A.

Gabi veut être une ballerine. Elle voit déjà son nom, écrit en lettres lumineuses, sur la façade d'un théâtre : *Gabi Lavoie danse ce soir!*

– Je suis une danseuse-née, dit-elle.

Elle balance les bras.
Elle pointe les orteils.
Elle redresse la tête.
Puis elle trébuche sur
le tapis et tombe sur son lit.
Mais elle n'abandonne
pas pour autant.

– C'est en s'exerçant qu'on devient meilleure, dit-elle.

Elle pirouette et trébuche de nouveau.

Gabi regarde des ballets à la télévision
et imite les danseuses. Elle balance les
bras. Elle pointe les orteils. Elle redresse
la tête... et trébuche sur la chatte.

Miaaaou!

– Excuse-moi, Pavlova. Je pense que
j'ai encore besoin de m'exercer.

Gabi s'exerce dans la cuisine.

– Maman, est-ce que je peux aller à l'école de danse?

– Tu n'aimerais pas mieux des leçons pour devenir un clown? propose sa mère. Ce serait plus amusant, non?

Gabi fronce les sourcils.

– Mais je ne veux pas être un clown, je veux être une ballerine.

– On verra, Gabi, répond sa mère.

« On verra », voilà bien les mots que la fillette déteste le plus.

Un beau jour, Gabi voit une affiche dans l'abribus. En grosses lettres, il est écrit : *Le Ballet national présente Casse-Noisette.* Et sous les lettres, il y a une photo d'une ballerine.

– C'est la fée Dragée, lui explique sa mère.

Gabi se met sur
la pointe des pieds...
et perd l'équilibre.

– J'aimerais bien aller voir la fée Dragée,
dit la fillette alors que l'autobus arrive.

Sa mère secoue son sac à provisions
magique.

– Abracadabra, ton souhait est exaucé!

Dans l'autobus, Gabi et sa mère s'assoient
sur le côté. La fillette étend les jambes,
pointe les orteils et fait danser ses pieds.
Ce n'est pas facile de danser avec des
souliers de course, même dans les airs.

Les gens l'observent, mais Gabi
s'en moque.

– Nous sommes arrivées, dit sa mère.

Gabi se lève, sourit aux passagers et fait
une révérence.

Une fois dans la rue, Gabi se met à courir.
Elle sautille et pirouette. Elle balance les bras.
Elle redresse la tête... et bouscule M. Chan,
son voisin.

– Excusez-moi, monsieur Chan. Je m'exerçais
parce que je vais être une ballerine.

– C'est ma faute, répond M. Chan avec un
sourire. Je ne regardais pas devant moi.

Le père de Gabi est déjà
rentré. La fillette a bien hâte
de lui annoncer la bonne
nouvelle.

– Papa, on va au ballet.
On va voir la fée Dragée.

– Formidable! répond
son père. Je vais ressortir
mon smoking et ma cravate.

Le soir du ballet, la mère de Gabi porte une robe en soie noire. Le smoking de son père a l'air un peu serré pour lui et son pantalon est trop court. Gabi porte une robe en velours violet et des chaussons en soie assortis.

16

– N'oublie pas, la prévient sa mère. Dès que le ballet commence, tu restes tranquille et tu ne parles plus.

– Rester tranquille et ne plus parler, je m'en souviendrai, répond Gabi.

Dans le foyer du théâtre, les lustres brillent de mille feux. Une odeur de parfum flotte dans l'air. Gabi tend la main pour caresser un boa de plumes, qui disparaît bientôt dans la foule.

Gabi et ses parents sont assis à la première rangée. Dans la fosse d'orchestre, les musiciens commencent à accorder leurs instruments. Gabi étend les jambes. Elle pointe les orteils et danse dans les airs. Des chaussons en soie, c'est plus pratique pour danser que des souliers de course.

Gabi fixe la scène. Elle se demande
si la fée Dragée se cache derrière
le rideau. Et soudain, la musique
commence. Les lumières s'éteignent
et le rideau se lève. Gabi reste
bouche bée. Tout est si éblouissant!

– Où est la fée? demande Gabi.

– Chut! fait sa mère.

– Chut! fait son père.

– Chut! font les spectateurs derrière eux.

Enfin, la fée Dragée entre en scène. Elle porte
un tutu rose et des chaussons en satin assortis.

– Ils ressemblent aux miens! dit Gabi.

– Chut! fait tout le monde.

Gabi remue les orteils. La fée brille
et pirouette. Dansant sur la pointe
des pieds, elle s'envole tout à coup,
puis atterrit dans les bras
du prince Casse-Noisette.

Gabi ne tient plus en place.

Sa mère est la première à remarquer que le siège de sa fille est vide.

– Où est Gabi? chuchote-t-elle à son mari.

– Je ne sais pas, chuchote-t-il à son tour.

Ils regardent à droite et à gauche.

Ils regardent en bas et en haut.

Et là, ahuris, ils voient Gabi sur scène.

Elle court vers la fée Dragée, qui a l'air toute surprise.

Les parents de la fillette se font tout petits sur leur siège.

– Oh! Gabi! chuchotent-ils en chœur.

La fée Dragée ne rate pas une mesure. Elle s'avance, les bras tendus, attrape Gabi et la fait tournoyer dans les airs. La fillette vole.

– Comment t'appelles-tu? demande la fée Dragée.

– Gabi.

– Et moi, je suis la fée Dragée.

Elle fait un clin d'œil à Casse-Noisette, puis lui tend la fillette.

Les spectateurs applaudissent.

Le prince Casse-Noisette lève
Gabi haut dans les airs.

La fillette balance gracieusement les bras, pointe les orteils et redresse la tête. Le prince la tend à la harpiste, qui la tend au premier violon. Le premier violon la tend au chef d'orchestre. Et le chef d'orchestre tend Gabi à sa mère.

– Ne bouge plus, dit cette dernière en faisant asseoir sa fille à sa place.

Cette fois, Gabi ne bouge plus.

La fée Dragée et le prince Casse-Noisette
terminent leur danse. Le prince salue.
La fée fait une révérence.

Au rappel, un spectateur offre un bouquet de roses à la fée Dragée. Celle-ci prend une des roses et la lance sur les genoux de Gabi. La fillette rougit.

De retour dans le foyer, un des placiers
tend une note à la mère de Gabi. Elle y lit :
« Gabi est une danseuse-née, mais elle a
besoin de s'exercer un peu. Je lui conseille
fortement de prendre des leçons de ballet.
Cordialement,
La fée Dragée. »

Gabi regarde sa mère.

– Je peux aller à l'école de danse? S'il te plaît!

Sa mère agite son sac de soirée magique.

– Abracadabra, ton souhait est exaucé!

Gabi balance les bras. Elle pointe les orteils. Elle redresse la tête. Elle ne trébuche pas.

Les gens l'observent, mais elle s'en moque.

Bientôt, elle sera une ballerine.